L'EXPÉDITION

DE MORÉE.

IMPRIMERIE DE BÉTHUNE, RUE PALATINE, N° 5.

L'EXPÉDITION

DE MORÉE.

Pot-Pourri.

A PARIS,

CHEZ LES MARCHANDS DE NOUVEAUTÉS.

1829.

L'EXPÉDITION DE MORÉE.

Pot-Pourri.

Air : *Chantez, dansez.*

Amusez-vous, allez au bal,
Sautez, dansez, belle jeunesse,
Nous sommes dans le carnaval;
Ce n'est point un tems de tristesse :
La danse est dans l'ordre légal;
Mais cela vous est bien égal.

Je n'aimai jamais à sauter,
Et pour égayer ma soirée,
Je vais m'amuser à chanter
L'Expédition de Morée :
Et puis j'enverrai ma chanson
A Monsieur le marquis Maison.

Air : *Je le compare avec Louis.*

Le Courrier crie : *Ordre du jour;*
La délivrance de la Grèce :
Ce goujon de nouvelle espèce
Chaque sot l'avale à son tour ;
Des journaux le club se rassemble,
Et le Courrier dit : « Il me semble
» Qu'il est bon (*bis*) de crier ensemble.» (*bis.*)

Air : *Des fraises, des fraises, des fraises.*

Le général des débats
Met donc sa bandoulière,
Celui des marchands de draps
Crie en petit fier-à-bras :
La guerre, la guerre, la guerre.

Air : *A boire, à boire, à boire.*

La guerre ! la guerre ! la guerre !
La guerre par mer et par terre !
La guerre est le cri des badauts
Qui sont les échos des journaux.

Air : *C'est un sorcier, c'est un sorcier.*

Dans la chambre démagogique,
Soudain plus d'un nouveau Titan
Ressent l'étincelle électrique
Tout comme Monsieur Gaëtan :
De nos ci-devant patriotes
Ces singes qui font mal au cœur
Vont criant à s'en faire peur :
Dussions-nous perdre nos culottes,
Dussions-nous manger du pain sec :
    Vive le Grec !
    Vive le Grec !

Air : *Eh ! mais oui da , etc,*

Pour délivrer l'Attique,
L'Attique et cætera ,.
L'Opinion publique
Veut qu'on aille, on ira ;
Eh ! mais oui da ,
Comment Mahmoud va-t-il trouver tout ça ?

Mirabeaux de fabrique ,
Si Balaam chez nous
Eut laissé sa bourrique,
Sa bourrique à vous tous
Dirait : Oui da ,
Comment trouver quelque bon sens à ça ?

Air : *Vive le vin.*

Le rendez-vous est à Toulon ,
On pourra passer l'Hellespont ,

(5)

Voir l'Asie, aller jusqu'à Burse;
D'abord le général Tiburce
Promet un chemin tout uni;
Et puis l'institut a fourni
Monsieur Guizot pour Quinte-Curce.

AIR : *Qu'il pleuve, qu'il vente ou qu'il neige.*

Partez, soit qu'il pleuve, ou qu'il neige;
Le départ il faut qu'on l'abrège,
Que de chevaux, que de ballots !
Que de chapeaux sont sur les flots !

AIR : *Avec Bacchus et les amours.*

Sous les auspices du zéphir
La flotte se met en voyage ;
Chacun bien sûr de revenir
Sourit au plus doux avenir :
Chacun dit : Il faut convenir
Que nous faisons un beau voyage.

O Grèce , qu'il tarde à nos cœurs
De saluer ton beau rivage :
Terre des belles , des sculpteurs,
Des héros et des orateurs,
Nous sommes tous des amateurs :
Pour des Français quel doux voyage !

Air : *O filii ! ô filiæ !*

Général de l'opinion,
Le chef de l'expédition
Est Monsieur le marquis Maison,
            Et pour raison,
            Et pour raison :
            C'est la raison
            De la raison.

Air : *Malbrouck s'en va-t-en guerre.*

Maison s'en va-t'en guerre,
A qui Maison va-t-il la faire ?
Maison a touché terre ;
Où porte-t-il ses pas ?

Où porte-t-il ses pas ?
Maison ne le dit pas ;
Ce sont là des mystères ,
De Maison ce sont les affaires ,
Dont les amis et frères
Diraient le mot tout bas.

Diraient le mot tout bas ,
Ne demandez donc pas
Quand Maison va-t-en guerre ,
A qui Maison va-t-il la faire ?
Maison fera la guerre
Ou ne la fera pas.

Ou ne la fera pas.
Car arrivé là-bas ,
Maison pour ne rien faire ,
Rien qui puisse au Grand-Turc déplaire ,
Dira , faisant la guerre ,
Nous ne la faisons pas.

Air : *En plein , plan , r'lan , tan , plan', etc. , etc.*

Notre invincible armement ,
En plein , plan , r'lan tan plan tire lire plan ,
Pense à son débarquement.
Ah que nous allons rire !
Ah que nous allons rire !
R'lan tan plan tire lire :
On dit : Messieurs, un moment ;
R'lan , plan , r'lan tan plan tire lire plan ;
Notre invincible armement
Ma foi ne sait qu'en dire.

Air : *Réveillez-vous , etc., etc.*

C'est la voix des trois excellences ,
Le trio pacificateur ,
Qui parle au nom des trois puissances ;
Chacun est bien leur serviteur.

Air : *Belle Raimonde.*

La voix dit : Sur ce rivage
Gardez-vous bien de rester. :
Car Ibrahim déménage
Et vous allez tout gâter :
Que le diable vous confonde !
Notre homme fait ses paquets :
Ne dérangez pas son monde ,
Laissez chacun comme il est.

Air : *Ne vla-t'il pas que j'aime.*

Maison dit : Cela n'y fait rien,
L'armée est en tenue ,
Vos excellences voudront bien
La passer en revue.

Air : *De Joconde.*

Mais tout est calculé de près
    Chez les hauts diplomates :
L'un en chapeau rond vint exprès,
    L'autre presqu'en savates;
Sa seigneurie aux compliments
    Sans doute accoutumée,
Dit : Mais croirait-on que ces gens
    Viennent voir mon armée ?

Air : *C'est le meilleur homme du monde.*

Il arrive un gros homme brun,
Et qui relevait sa moustache;
C'est Ibrahim, a dit quelqu'un,
Qui du grand cercle se détache :
On le présente au général;
Ibrahim salue à la ronde,
Et chacun dit : Il n'est pas mal,
Il a l'air d'un homme du monde.

Air : *Quoi, ma voisine, es-tu fâchée ?*

Il marchait, le fier infidèle,
    Droit comme un pin ;
Il avait de l'ange rebelle
    Le regard fin ;
Et sa dure et noire prunelle
    Disait enfin
Qu'il était bien ce qui s'appelle
    Un fier lapin.

Air : *Lampons, lampons.*

Au banquet le verre à la main,
    On vit le prince africain
    S'exécuter des premiers ,
    Disant : « Je bois aux guerriers ; »
    Puis en sablant le Champagne,
    Le Tokai, les vins d'Espagne ,
        Il dit : « Buvons,
        » Camarades, buvons. »

Air : *De l'amant statue.*

En militaire,
Adieu, dit-il, braves Français :
Veuille Allah la paix, la paix ou la guerre !
Amis de loin, de loin comme de près,
Adieu vous dis, braves Français,
En militaire.

Air : *J'te casserai la gueule et la mâchoire.*

Sitôt qu'à la voile il a mis,
Le général dit : Mes amis,
A présent marchons à la gloire ;
Nos soldats prennent leurs fusils,
Mais les ennemis où sont-ils ?
Nom d'un chien,
Qu'ils s'tiennent bien,
On cassera leur gueule et leur mâchoire.

Pour le coup la fièvre héroïque
Saisit le général Maison;
Voilà le corps diplomatique
Qui revint lui parler raison.

Air : *Du mirliton*, etc.

Vous venez, mon capitaine,
Comme amis de la maison;
Notre onguent miton mitaine
Est ici mieux de saison
Que vos mousquetons, mousquetons,
Capitaine,
Que vos monsquetons, tons, tons.

Air : *De la soirée orageuse.*

Ces bons Turcs sont chacun chez eux ,
Faites avancer votre armée;
Ce n'est que de leurs pots-aux-feux
Que vous pourrez voir la fumée :
Dans les combats vous ne ferez,
Nous l'attestons , aucunes pertes;
Car partout vous n'enfoncerez,
Messieurs, que des portes ouvertes.

Air : *Ciel ! l'univers.*

Pourquoi donner le signal de la guerre ?
Il est donné sous les murs de Coron :
Voilà qu'une vivandière
Reçoit sur son chapeau rond
Un coup de pierre !
Dieux ! quel affront !
Maison du bas en haut
Ne voit personne;
Maison ordonne ,
Marche en colonne
Et montez à l'assaut.

Air : *Du pas redoublé.*

Les colonels font vivement
   Avancer leurs cohortes ;
Tous les Turcs fort tranquillement
   Fumaient devant leurs portes.
Tiburce, la flamberge au vent,
   A dit : Sonnez trompette,
Et vous, grenadiers, en avant :
   Croisez la baïonnette.

Air : *De la croisée.*

Un chasseur (ils n'ont peur de rien),
Escaladait une croisée ;
Un Turc lui dit en bon chrétien :
Monsieur, la brèche est plus aisée ;
Il courut lui donner la main
Pour qu'il n'attrapât point d'entorse :
A l'ordre on mit le lendemain :
   « Coron fut pris de force. »

Air : *Que ne suis-je la fougère.*

Ainsi le Turc sanguinaire
Que tel veut voir étouffé,
Offrait à l'armée entière
Et sa pipe et son café :
Mais c'est un ami funeste,
Je ne l'ai pas contesté;
Il peut vous donner la peste
Avec l'hospitalité.

Air : *Si des galans de la ville.*

Il fallut donc hors la ville
Tenir l'armée au bivouac :
Mais il n'était pas facile
Que chacun eut même un sac;
Pour qu'on ne fit rien qui vaille
Dans cette expédition
Le foin, l'avoine et la paille
Durent venir de Toulon :

Quoiqu'il ne fût pas facile
Que chacun eût même un sac,
Il fallut bien hors la ville
Tenir l'armée au bivouac.

Air : *Femmes, voulez-vous éprouver.*

Hommes, voulez-vous éprouver
Ce qu'on sent à la belle étoile,
Quand on y couche sans trouver
Le plus petit morceau de toile,
Nos gens criaient jusqu'aux tambours,
En pestant après la nature :
Sol des beaux arts et des amours,
Que ta terre classique est dure !

Air : *Avec les jeux dans le village.*

Le soldat sans voir un village,
Sentant un appétit urgent,
Cherchait des vivres, du fourrage,

Sans en trouver pour son argent ;
Il rencontrait sur son passage
Ruisseaux , bosquets , mais point de pain ;
Et je ne connais point d'ombrage
Qui mette à l'abri de la faim.

Air : *Vous m'entendez bien.*

Puis on croit, ce n'est pas pour rien ,
Que le Grec est un mauvais chien ;
Car du camp sans escorte....
Eh bien ?
Quand on passait la porte.....
Vous m'entendez bien.

Air : *Nous marierons dimanche.*

Oui le Grec là bas
Ne s'informe pas
Si votre cocarde est blanche ;
Et pour ses amis

Ou ses ennemis
Porte un poignard dans sa manche ;
Enfant du sol
C'est vers le vol
Qu'il penche ;
Et comme à Sparte
Il avait carte
Blanche ;
Sur tout son prochain
Le Grec met la main
Un lundi comme un dimanche.

Air : *Sous le nom de l'amitié.*

Pour lui c'est par amitié
Que nous faisons la guerre ;
Ne nous étonnons guère,
Pour prix de tant d'amitié,
Si Mahmoud au derrière
Nous donne un coup de pié
A moitié
Par pitié,
Le tout de bonne amitié.

Air : *Allez-vous-en , gens de la noce.*

Ainsi finira la croisade,
Qu'on nomme avec juste raison
Une libérale cacade;
Car Monsieur le marquis Maison,
Terminant sa belle ambassade,
Mit son chapeau, puis dit ces mots :

« Allons-nous-en, mes camarades,
» Car on tient de mauvais propos. »

Air : *Jeunes amans , cueillez des fleurs.*

Quinte-Curce part avec eux,
Achevons son morceau d'histoire :
La Grèce nous fait les doux yeux,
C'est payer bien peu tant de gloire.
Mais le Grec est fort libéral;
Attendons, et laissons-le faire;
Car dans Maison le général,
Chaque libéral voit un père.

Air : *De la piété filiale.*

Ces chers enfants ils disent tous,
Au noble pair il faut qu'on pense,
Car s'il a bien mérité de la France,
Il n'a pas moins bien mérité de nous.
A sa couronne libérale
Ajoutons donc quelques fleurons :
Sur l'enveloppe après nous écrirons :
Récompense nationale.

Air : *M. le prevôt des marchands.*

Dans ses armes on va donc voir
Deux petits canons en sautoir,
Tous deux armés de leurs canules,
Et pour vœu de la nation :
Devise en lettres majuscules :
C'est pour l'évacuation.

Air : *Que Pantin sera content.*

Que Maison sera content
D'avoir cette récompense !
Maison sera-t-il content ?
Il n'en a pas l'air pourtant ;
Je vois mal apparemment ;
Je me trompe assurément,
Car en arrivant en France
Maison sait ce qui l'attend.
Oui, Maison sera content
S'il est maréchal de France,
Et Maison sera content,
Messieurs, le bâton l'attend.
— Quoi ! le bâton, dira-t-on ?
Mais son appétit est donc
Encor plus grand que sa panse ;
Messieurs, je ne dis pas non ;
Mais je m'en vais tout de bon
Voir passer son excellence,
Malgré le qu'en dira-t-on,
A cheval sur son bâton.

Air : *Monseigneur, vous ne voyez rien.*

Mon voisin, vous ne voyez rien
De ce que cela signifie :
Mon voisin, regardez-y bien,
Car c'est vous què l'on mystifie;
Mettons, mettons à la raison
Nos libéraux et leur Maison,
  Ce sont, ce sont bien
Des Maisons qui ne valent rien.

Mais comme il faut être chrétien,
Ne nous mettons pas en colère;
Contre eux pourtant nous aurons bien
Quelque petite chose à faire,
Monsieur Pincé, pour trois raisons,
Les loge aux Petites-Maisons :
  C'est bien, c'est fort bien,
Amen! et je ne dis plus rien.

Air final.

AIR : *Braves soldats.*

Fidèle armée, honneur de la patrie,
L'œuvre des Grecs est à ses ouvriers,
Rien n'y fut Grec, sinon la fourberie
Que l'imposture ourdit sur ses métiers :
Elle a dit : Guerre ! et vous avez dit : Gloire !
Vos nobles cœurs murmuraient du repos.
Vous avez cru ce que vous deviez croire,
Vous avez fait ce qu'ont fait vos drapeaux.

Aux libéraux il fallait leur campagne ;
Ces bons Français, ils ont, braves soldats,
Tous sur le cœur la campagne d'Espagne ;
Nos libéraux voulaient d'autres combats :
Tombent sur eux et la honte et le blâme !
C'est aux Bourbons qu'appartient votre sang,
Soldats, vos mains portent notre oriflamme
Il reste pur, et le lis toujours blanc.

FIN.